Ralf Neubohn

Alpaka und Lama jagen den mysteriösen Mörder

Mit großer Schrift

Ralf Neubohn

Alpaka und Lama jagen
den mysteriösen Mörder

Mit großer Schrift

Druck und Distribution im Auftrag des Autors:
tredition GmbH, Heinz-Beusen-Stieg 5, 22926 Ahrensburg, Germany

Print ISBN: 978-3-3841-9835-8
E-Book ISBN: 978-3-3841-9836-5

Dieses Buch ist allen Tierfreunden gewidmet.

.

Inhalt

Vorwort

Im lange erwarteten 2. Band der Alpaka- und Lama Reihe jagen die beiden Tiere einen äußerst mysteriösen Mörder, dessen Motiv lange völlig rätselhaft bleibt. Können die Tiere ihn fassen, bevor es ihnen selber an den Kragen geht? Eine junge Hexe und eine unerfahrene Todesfee helfen ihnen bei den Ermittlungen so gut es eben geht, doch werden die relativ schwachen Kräfte der vier Amateurdetektive gegen den gefährlichen Unhold ausreichen?

Böses Omen

Das Detektivalpaka Watselinchen mampfte zufrieden vor sich hin. „Hier im Küchengarten zu wildern ist doch das Schönste", dachte es glücklich. Aus den Augenwinkeln heraus sah es das Lama Felix mit zwei Mädchen sprechen, bevor Felix ebenfalls zum Wildern nahte.

„Mit gewöhnlichen Menschen reden macht ganz schön hungrig", meinte das Lama, genüsslich vor sich hinkauend.

Das Alpaka erwiderte: „Hast Du auch gar nicht. Das eine war eine junge Hexe, das andere ist die Tochter der Todesfee Banshee."

Könnten Lamas erbleichen, so wäre dies jetzt geschehen. Fassungslos rief Felix: „So gefährliche Lebewesen gehen auf unserem schönen Alpaka- und Lamahof um? Ich hätte das nie vermutet, die beiden sahen so harmlos aus!"

Lässig erwiderte das Alpaka: „Deshalb warst Du seinerzeit bei dem Mordfall auf unseren Hof auch nur mein Detektivgehilfe! Meisterdetektive wie ich, lassen sich nämlich nicht so leicht täuschen!"

Beide rätselten, was die magischen Mädchen hier nur wollten. Nur ein Spaziergang vom nahegelegenen Internat hierher?

Das Alpaka bemerkte abschließend: „Deinem lieben Onkel Fred wäre so ein Irrtum nicht unterlaufen! Zumal er vor langer Zeit deren fiesen Lehrerin mal in die schrumplige Nase biss."

Das Lama strahlte: „So? Hat der alte Kerl doch echt mal etwas Nützliches getan? Aber wie dem auch sei: Wenn Hexen und Todesfeen unseren Hof besuchen, läuft es mir kalt das Fell herunter!"

Sehr wahr, solche Besucher gelten zurecht als böses Omen!

Die Besucherinnen

Die Mädchen ahnten nicht im Geringsten, zu einem so besorgten Gespräch Anlass zu geben.

Ninvy rief begeistert: „Endlich mal weg von der ollen Schule sein! Vor allem weit weg von all den Morden, die dort geschehen! Mal Abstand von dem ganzen Grauen gewinnen!"

Fannile meinte nachdenklich: „Ein Sturmvogel wie Du sollte sowas eigentlich nicht sagen. Todesfeen ziehen bekanntlich Morde förmlich an!"

Schnippisch erwiderte Ninvy: „Ach, ja? Und was ist mit Hexen wie Dir? Glaubst Du vielleicht, Ihr zieht das Gute an?"

Ein neutraler Zuhörer hätte vielleicht geantwortet: „Sturmvögel wie IHR ZWEI locken das Böse aus der weitesten Entfernung an." Dies konnte niemand bestreiten, da es ja über die Kriminalfälle, welche die beiden Schulmädchen lösten, bereits mehrere Fantasy-Krimis gab.

Fannile lenkte ein: „Lass uns nicht streiten! Sagen wir als guten Kompromiss, unsere fiese Lehrerin Grimmig-Kreisch lockt Mörder förmlich an. Moorhexen wie sie sind halt so."

Keck rief Ninvy: „Wer weiß? Vielleicht bist Du ja auch eine Moorhexe? Die schrumplige Warzennase hast Du ja!"

Errötend zischte Fannile: „Gar nicht wahr! Ich bin eine schöne, gute Hexe! Aber wenn Du unbedingt über Böses reden willst: Was ist denn mit gefürchteten Todesfeen? Na?"

Diesen verbalen Austausch konnte jeder getrost als unentschieden gelten lassen.

Spaßverderber

Watselinchen meinte zu Felix: „Mir ist der Hunger vergangen. Wie Dein Onkel Fred so oft, haben mir nun auch die beiden den Hunger verdorben. Lass uns vorsichtshalber umschauen, ob hier im Hof noch alles in Ordnung ist."

„Bist Du aber ängstlich", kritisierte Felix etwas unvorsichtig. „Warum soll hier irgendwas passiert sein, nur weil zwei junge Mädchen unterwegs sind? Glaubst Du vielleicht, wir haben deswegen irgendwo eine Leiche im Keller?"

Verächtlich schnaubte das Alpaka: „Du bist und bleibst ein Narr! Selbst wenn Du die Fantasy-Krimis von Neubohn nicht als Fortbildungslektüre liest, solltest Du es auch so wissen: Todesfeen kündigen keineswegs Geburtstagskuchen und fröhliche Partys an!"

Nach dieser berechtigten Rüge musste Felix leider erkennen: „Ich bleibe wohl stets nur der Gehilfe."

In Gedanken fügte das Alpaka heimlich an: „Der besonders trottelige Gehilfe!"

Die beiden trabten über den ganzen Hof, als Felix auf einmal erschrocken zurückfuhr: „Wie entsetzlich! Schau mal wie schrecklich dieses neue Mädchen aussieht! Wie der wandernde Tod!"

„Ist sie eigentlich auch", erklärte Watselinchen. „Das ist Zara Grusilinchen. Ein Zombie vom selben Internat wie die anderen zwei."

„Und was macht sie hier?", wollte das Lama wissen.

„Zara ist als Landhelferin bei uns", erläuterte das Alpaka. „Aber ob hirnlose Zombies viel auf dem Land helfen können?"

Eine gute Frage.

Die gruseligen drei

Die beiden magischen Mädchen kamen ebenfalls auf Zara zu: „Hallo! Betreust Du gerade die Tiere? Mit dem einen haben wir gerade gesprochen."

„Betreuen? Wen?", fragte Grusilinchen.

Zombies sind zu Recht nicht als sehr helle bekannt. Da bemerkte Zara die beiden Tiere neben sich und streichelte sie liebevoll. Selbst hirnlose Lebewesen lieben flauschige Tiere.

Felix sagte zu den drei Mädchen: „Endlich mal Besucherinnen, mit denen wir reden können! Die richtigen Menschen verstehen uns nicht."

Watselinchen lud die drei ein: „Kommt doch mal zu einem Napf Wasser auf unser Gehege."

Zara warf ein: „Ist da nicht dieses bissige Lama? Fred? Ob wir auch von ihm gebissen werden?"

Felix wiegelte ab: „Ach nein, der beißt nur böse Lehrerinnen und Hexen."

Gleichzeitig riefen die Mädchen: „Ach, darum kommt unsere Lehrerin Grimmig-Kreisch nicht mehr hierher!"

„Fred beißt Hexen? Tja, da musst Du aufpassen Fannile!"

Erbost stichelte diese: „Wie ich hörte, fällt der Hofhund vor allem eingebildete Feen an."

„*Gar nicht so dumm*", dachte Zara: „*Zum Glück bin ich ein Zombie, da geht mich das nichts an!*"

Oder vielleicht doch?

Detektive unter sich

Watselinchen grübelte: „Wenn so bekannte Detektive wie wir sich treffen, muss sich bald etwas ereignen!"

Freudig rief Fannile: „Vielleicht hat der Henker den Hofbesitzer geköpft?"

„Oder mein Onkel Fred hat den Hofhund erschlagen?", ergänzte Felix mit glänzenden Augen.

Nur Ninvy zeigte keinerlei Begeisterung: „Eigentlich bin ich hier zu Besuch, weil ich von den ständigen Morden an unserer Schule und im Krankenhaus mal wegwollte!"

Das Alpaka munterte sie auf: „Ja, aber die von Euch gelösten Fälle haben Euch bekannt gemacht! Jeder kennt Eure großartige Detektivarbeit!"

Schüchtern, aber glücklich errötete Ninvy. Nervös trat sie von einem Bein auf das andere: „Ja, schon! Bisher ist alles für uns gut gegangen, aber wer weiß wie lange noch? Eines Tages wird der Mörder versuchen, uns auszuschalten."

Von oben herab meinte Fannile überlegen: „Uns schaltet niemand aus!"

Felix dachte: „Eingebildetes Fräulein, das wird eines Tages auf Deinem unbeweinten Grabstein stehen!"

Hirnlos warf Zara ein: „Auf so einen schönen Tierhof gibt es keine Morde!"

Aus leidvoller Erfahrung seufzte Watselinchen: „Oh, doch!"

Zara sprach beruhigend weiter: „Na! So liebe Tiere wird niemand angreifen! Und an eine Hexe oder gar eine Todesfee wagt sich sowieso niemand."

Doch die Vergangenheit bewies leider das Gegenteil! Die Gegenwart demnächst auch? Wir werden es bald wissen.

Patrouille

Watselinchen schaffte es, alle zu einer gemeinsamen Patrouille zu überreden. Die nagende Unruhe nahm kräftig zu, das Fell sträubte sich förmlich! Die bösen Vorahnungen bewahrheiteten sich leider. Die Detektive fanden den Hofbesitzer mit Kartoffeln zu Tode gesteinigt auf dem Feld.

„Ein vegetarischer Mord!", rief Fannile. „Das würde Shirly Sherlocklinchen sicherlich interessieren!"

Zara murmelte verächtlich: „Ach, die!"

Während die Mädchen noch redeten, schauten sich die Tiere nach Fußspuren um. Auf dem von der Sonne gerösteten Acker ließ sich kein Hinweis erkennen, auch kein verlorenes Beweisstück lag herum.

Felix schlug vor: „Offensichtlich gehört der Täter nicht zu den Fans von Kartoffelchips! So achtlos mit diesem wichtigen Grundstoff der Chips umzugehen, ungeheuerlich!"

Nachdenklich ergänzte Watselinchen: „Das Ganze ist ungeheuerlich! Der Hofbesitzer gehörte zu den harmlosesten Leuten, die ich kenne. Ich kann mir kein Motiv vorstellen."

„Wahnsinn?", schlug Felix vor.

Ächzend antwortete das Alpaka: „Vermutlich ja. Und das wird unsere Ermittlungen sehr erschweren. Denn wenn ein Mord aus einem der üblichen Gründe geschieht, wissen wir gleich, wer in Frage kommt. Doch bei Wahnsinn kann es jeder gewesen sein."

„Oder JEDE", bemerkte Felix mit einem skeptischen Blick auf die Mädchen.

„Sturmvögel sollte aus Vorsicht niemand auf seinen Hof lassen", meinte das Alpaka.

„Stimmt", gab Felix ihm Recht. „Sie ziehen Verbrechen magisch an! Aber jetzt ist es zu spät für diese Einsicht."

Ermittlungen

Morde an sich sind schon schwer zu klären. Aber Verbrechen in der Nähe von schauerlichen, magischen Wäldern noch mehr. Jeder beliebige Waldbewohner konnte sich anschleichen, zuschlagen und wieder ins Dickicht verschwinden. Oder steckte ein Hofbewohner dahinter? Onkel Fred? Oder eines der Mädchen? Wenn ja, welches? Zara? Die Detektive befragten zuerst die Erntehelferin Guckile Guckluft, doch die hatte außer Wolken nichts gesehen. Was aber niemand wunderte. Volkstümlich gesagt gehörte Guckile zu den Dorfdeppen. Grit Griechknecht wohnte geistig nah bei Guckile und erwies sich von daher auch nicht als sehr hilfreich. In der Scheune wohnte an schulfreien Tagen Vanilus Vampus III, die als Vampirin aber tagsüber natürlich nicht herumstreunte. Die Gärtnerin Vera Vogelscheuche fragte niemand, die sah außer dem Stroh in ihrem Kopf sowieso nie etwas. Dachten alle, aber war sie wirklich so blöd?

Felix meckerte: „In Krimis gibt es immer einen wichtigen Hinweis, aber hier gar nicht! Kein Zeichen in irgendeine Richtung."

Stimmte das wirklich? Übersah Felix nicht etwas?

Onkel Fred

Das alte Grummellama Fred zischte überheblich: „Ist schon Halloween? Oder warum gehen hier Hexen und Ähnliches um? Was wollt Ihr Fünf hier?" Unsere Helden erklärten es ihm. Von oben herab sprach Fred: „Ist doch klar, wo Ihr den Täter suchen müsst. Bei allen Pommes Hassern! Sonst geht niemand mit Kartoffeln so um. Die armen Kartoffeln!"

Felix erläuterte beim Weitertraben: „Onkel Fred ist so nett und nützlich wie eine Laus im Fell."

Niemand bestritt dies.

Fannlie erwiderte gelassen: „Nach den nächsten Morden wissen wir mehr!"

Zara keuchte: „Nach den nächsten Morden? Du erwartest noch mehr Morde?"

„Natürlich", erklärte Fannile herablassend. „In jedem Krimi geschehen mehrere grausige Morde, bis der Täter gefasst wird."

Ninvy warf ein: „Wer dann wohl das nächste Opfer ist?"

Watselinchen schlug vor: „Hoffentlich Onkel Fred. Aber vermutlich eher eine der vielen blöden Helferinnen. Selbst wenn jemand mit einer blutigen Axt auf sie zu kommt, werden sie sich nichts dabei denken."

„*Können die denn überhaupt denken?*", grübelte Felix still vor sich hin.

Luftaufklärung

„Ich werde mal auf meiner Kehrschaufel über den Hof fliegen, vielleicht fällt mir etwas Verdächtiges auf", beschloss Fannile.

Errötend fragte Ninvy: „Auf der Kehrschaufel? Ich dachte, Ihr Hexen fliegt auf einem Besen?"

„Vielleicht hat der Besenreiser?", schlug Watselinchen vor.

Verlegen sprach Fannile: „Meinen Besen habe ich irgendwo vergessen!"

Felix hakte nach: „Und den Handfeger?"

„Den leider auch..."

„Bist Du ein wilder Feger", grinste das Lama.

Etwas aus der Ruhe gebracht flog die junge Hexe über den Hof, doch nichts Besonderes war zu sehen. Auch am Waldrand nicht, außer den üblichen Überfällen von Werwölfen, Drachen und Trollen.

„Nachts sollte mal Vanilus einen Überwachungsflug machen. Vielleicht schlägt der Täter gerade da nochmals zu. Oder die Täterin", überlegte sie etwas betreten.

Währenddessen verhörte Zara nun doch noch Vera Vogelscheuche und alle überlegten, wer von den beiden wohl hirnloser war. Doch wie es so schön in Zeugnissen heißt: „Zara war sehr bemüht."

Was wächst denn da?

Im Rübenfeld sahen unsere Helden zwei dicke Stöcke in die Luft ragen. Neugierig kamen sie näher. Was sollte denn das? Vögel verscheuchen? Eine neue Art von Antenne? Die dicken Krampfadern der aus der Erde schauenden Füße bewiesen, dass hier Grit Griechknecht kopfüber verbuddelt in der Erde steckte. Felix leckte den Fuß an, ob noch eine Reaktion hervortrat. Aber hier kam jede Hilfe oder jede Ernte zu spät.

„Wieder eine weniger", bemerkte Fannile wenig gefühlvoll.

„Stimmt", gab ihr Watselinchen Recht. „Das schränkt die Zahl der Verdächtigen etwas ein. Nach den nächsten drei bis vier Morden haben wir den Täter so gut wie sicher."

„Drei bis vier Morde?", keuchte die arme Ninvy.

Fannile meinte kühl: „Eigentlich sollten Todesfeen nicht so zimperlich sein."

„Ist ja nicht jeder eine olle Moorhexe wie Du und Grimmig-Kreisch", fauchte Ninvy erbost.

Zara warf ein: „Also, mit unserer über alles geliebten Klassenlehrerin sollte niemand verglichen werden", worauf alle Mädchen kicherten.

Arme Frau Grimmig-Kreisch, stets so bemüht um ihre Schülerinnen. Ein Herzblatt von einer Lehrerin. Und dann sowas!

Beim Anblick der aus der Erde ragenden Füße meinte Ninvy: „Das erinnert mich an einen Fall, den meine Mutter Banshee einmal löste. Da steckte das Opfer in einer Jauchegrube."

Würgend keuchte Fannile: „Das hätte mir im wörtlichen Sinn gestunken, so eine Leiche auszubuddeln und zu untersuchen."

Neue Taktik

Elanvoll schlug Fannile vor: „Wir sollten uns in zwei Gruppen teilen, so wächst unsere Chance, den Täter bei einem neuen Mordversuch zu erwischen oder frische Spuren zu finden."

Eine gute Begründung für die Teilung, aber in Wirklichkeit wollten sich die Detektive aus der Tier-Krimi Reihe und die, aus der Fantasy-Krimi Reihe ein Kopf an Kopf Rennen liefern, wer denn nun die besten Detektive waren.

Sowohl Watselinchen, als auch Fannile dachten unbescheiden: „Natürlich ich!" So machten sich die Mädchen vor Aufregung kichernd auf die Mörderjagd und in die andere Richtung liefen die beiden Tiere.

Felix rief aus vollem Herzen: „Das ist unser Hof! Wir beide müssen daher den Fall lösen, es geht um unsere Ehre!"

Fannile meinte grinsend zu den andren Mädchen: „Die beiden Tiere sind ja süß und fluffig, aber gegen uns haben sie keine Chance."

Wer behielt wohl Recht?

Überlegungen

Ninvy überlegte laut: „Was ist wohl das Motiv? Die beiden Morde haben keinerlei Ähnlichkeit. Hass auf den Hof?"

Fannile schlug vor: „Wir sollten abwechselnd jeden Hofbewohner eine Weile heimlich beschatten. Irgendwann verrät sich der Täter selbst."

Ninvy korrigierte: „Die Täterin. Hier schaffen nur Frauen, die Armen!"

So schlichen sie jeder der auf dem Hof arbeitenden Frauen ein paar Tage nach, doch das brachte nichts. Währenddessen diskutierten auch die Tiere das Tatmotiv.

„Es kann nur Irrsinn sein, reine Mordlust", stellte Felix fest.

„Ja, die seltsamen Mordmethoden passen zu Deiner Theorie", stimmte Watselinchen zu. „Aber wenn der Täter oder die Täterin nicht gerade Augenrollend durch die Gegend rennt, wird es sehr schwer sein, den Fall zu lösen."

Felix überlegte: „Der Meisterdetektiv ist offensichtlich ratlos, daher wird sein Gehilfe heute den Fall lösen."

Ganz schön optimistisch, oder?

Die Vogelscheuche

Die beiden Tiere wunderten sich: „Seit wann steht denn auf dem Salatfeld eine Vogelscheuche?" Voll böser Vorahnungen kamen sie näher. Die Vogelscheuche hieß Vera. Vera Vogelscheuche stand von einem Kürbis erschlagen auf dem Feld, vom Täter durch Draht an einen kleinen Baum befestigt.

Watselinchen seufzte: „Nun, dann bleiben nur noch als mögliche Täterinnen: Guckile Guckluft, Vanilus Vampus III oder Dein Onkel Fred."

Begeistert rief das Lama: „Oh, ja! Lass uns Onkel Fred verhaften!"

Watselinchen äußerste kurz darauf aufs tiefste bedauernd: „Onkel Fred kann es leider doch nicht gewesen sein. Ich habe gerade erst bemerkt, wie gut der Draht befestigt ist. Das kann ein Lama nicht machen. Auf wen tippen wir denn nun stattdessen? Guckile Guckluft oder Vanilus Vampus III?"

Felix schlug vor: „Lass uns mal bei beiden vorbei schauen. Vielleicht haben sie noch Blutflecken an sich."

Verfolgung

Kurz nach den Tieren fanden auch die Mädchen die Leiche der armen Vera.

Triumphierend rief Fannile: „Schaut mal die Hufspuren! Die Tiere waren die Täter! Ich habe das immer geahnt! Lasst uns sie heimlich verfolgen, dann erwischen wir die beiden auf frischer Tat!"

Zara kam das ziemlich hirnlos vor. Wie sollten die Tiere dem Opfer einen Kürbis auf den Kopf schlagen und es anschließend festbinden? Schweigend nahm sie mit den anderen die Verfolgung der Tiere auf.

„Seht", frohlockte Fannile, „wie sie um die Wohnräume der restlichen Hofbewohner herumschleichen! Bald können wir diese Mörder kurz vor ihrer nächsten Tat schnappen!"

Doch außer viel herumlaufen passierte nichts.

Das Motiv

Stunden später sagte Zara Grusilinchen: „Also Mädels, ich habe mir das überlegt. Ihr seid wie die Tiere völlig auf dem Holzweg. Keine der beiden hat irgendein Motiv für die schrecklichen Taten. Die hat offensichtlich jemand ganz anderes begangen. Ihr lest einfach zu viele Krimis, da war es immer der Unverdächtigste. Aber im echten Leben ist es viel einfacher. Der Verdächtigste war es auch!"

„Und wer ist der Verdächtigste?", wollte Ninvy gespannt wissen.

„Kommt mit. Lasst uns dem Mörder eine Falle stellen. Genauer gesagt, der Mörderin."

Eine Weile später klopfte Zara alleine an eine Tür. Diese öffnete sich, die Täterin sah Zara und erkundigte sich giftig: „Was willst Du blöder Zombi hier?"

„Fragen, warum Sie so viele furchtbare Morde begingen", antwortete Zara knapp.

Die Mörderin zog ein Messer hervor und stach Grusilinchen mitten ins Herz: „Weil mein blöder Ehemann hier unbedingt am Arsch der Welt zusammen mit diesen Mitviechern leben wollte und mich außerdem noch mit den Erntehelferinnen betrog. Jetzt kann ich den Hof verkaufen und ein neues Leben in der Großstadt beginnen." Triumphierend wartete sie, dass Zara tot umsank. Doch die Täterin vergaß, dass Zombies nur durch Kopfschuss getötet werden können.

Die an der Wand neben der Tür versteckten anderen Mädchen sprangen hervor und schrien fröhlich: „Reingefallen!" und „Ätsch, ertappt!"

Die Frau warf ihnen wütend die Tür vor der Nase zu.

So war es also

Durch den Hintereingang versuchte sie die Flucht. Doch da stand schon die Vampirin Vanilus Vampus III und biss ihr in den Hals. Tja, mit magischen Wesen ist eben nicht zu spaßen. Später sprachen unsere Detektive zusammen über den Fall.

Watselinchen wollte wissen: „Wie kamst Du ausgerechnet auf die Frau des Hofbesitzers?"

„Nun", erklärte Zara. „Die verdächtigste Person ist immer der Ehegatte oder die Ehefrau. Vor allem wenn sie einen so großen Besitz erbt. Dazu gibt es auch sonst viele mögliche Motive z.B. Eifersucht auf die vielen Arbeiterinnen hier. Es ist doch sehr auffällig, dass hier nur Frauen eingestellt wurden. Sicherlich wollte seine Ehegattin ihn loswerden und gleichzeitig sich an ihren Nebenbuhlerinnen rächen. Also zwei ganz klare Motive für die Ehegattin. Somit musste sie es gewesen sein. Von allen anderen Verdächtigen hatte ja niemand ein brauchbares Motiv, so dass Eure ganze Sucherei mich völlig verwirrt hat."

„Da sage nochmal einer, dass Zombies hirnlos sind", schloss Fannile das Gespräch ab.

Seitdem gehörte Zara Grusilinchen zu den Superdetektiven des Finsterklammwaldes.

Schwere Zeiten

Nach diesem Abenteuer kamen schwere Zeiten für den Hof. Bis sich neue Besitzer fanden, mussten die Mädchen vom nahegelegenen Internat im Alpaka- und Lamahof täglich „freiwillig" helfen kommen. Tiere füttern und diese spazieren führen machte den Mädchen Spaß. Aber Sachen wie Stall ausmisten nicht im Geringsten. Wobei die Formulierung „Mädchen" nicht ganz richtig ist. Das Internat im Finsterklammwald unterrichtete magische Wesen, welche hunderte von Jahren alt werden konnten. In die Schulen gingen diese deshalb erst im Alter von 50 Jahren, in diesem für magische Wesen zarten Alter passierten ihnen beim Zaubern nicht mehr ganz so viele katastrophale Fehler. Andererseits waren viele Mädchen noch sehr ungeschickt, was sich zum Leidwesen der Tiere zeigte. So wollte eine Schülerin den Tieren chinesisches Essen aus einem China-Lokal füttern, da dieses ja so gesund ist. Ein anderes hatte noch nie Tiere gesehen, was dazu führte, dass sie aus Versehen Kühe bürsten und reiten wollte, statt der Pferde. Das Mädchen kannte die Unterschiede zwischen den verschiedenen Arten von Tieren nicht!

Das Nörgellama Fred kam aus dem Meckern über die chaotischen Zustände nicht mehr heraus. Aber auch unsere Detektivtiere bekamen ihr Fett ab: „Detektive wollt Ihr beiden sein! Dabei habt Ihr nie bemerkt, mit welchen Hass die Hofbesitzerin die anderen Menschen anblickte!"

Seufzend gab Watselinchen ihm Recht.

Felix meinte verärgert: „Hinterher ist jeder schlauer! Wenn Onkel Fred die bösen Blicke wirklich bemerkt hat, hätte er es uns am Anfang der Ermittlungen mitteilen können. Alter Schwätzer!"

Das tägliche Chaos

Da die Schülerin Vanilus Vampus III in ihrer Freizeit schon oft den Hof besuchte, kannte sie sich von allen Schülerinnen dort am besten aus. Als Vampirin leitete sie freilich nur die Hofarbeit ab Sonnenuntergang, welcher jetzt im Herbst ohnehin schon früh stattfand. Tagsüber hatte die letzte Hofbeschäftigte Guckile Guckluft das Kommando oder vom Internat die gefürchtete Lehrerin Grimmhilde Grimmig-Kreisch. Als berüchtigte Moorhexe ging es unter ihrer Aufsicht wie auf einem Kasernenhof zu. Äußerst streng, aber die völlige Unfähigkeit vieler Mädchen führte dennoch zu vielen Pannen. So sollte einmal Klara die Ziegen melken gehen, für einen verdienten Schlummertrunk Grimmig-Kreischs. Völlig konfus suchte sie das Euter. Wo befand sich dieses bei Ziegen? Am Bauch? Nein, da war nichts. Auf dem Rücken aber auch nicht! Nicht zu fassen, das Euter musste doch irgendwo sein! In ihrer völligen Verzweiflung bat Klara Vanilus um Hilfe. Diese eilte sofort mit ihr in den Stall und rief absolut fassungslos: „Natürlich ist da nirgends ein Euter! Das ist der Hofhund! Kennst Du nicht einmal den Unterschied zwischen Ziegen und Hunden? So langsam verstehe ich unsere Lehrerin, die uns alle für völlig blöd hält."

Klara dachte aber nur: „Und wo ist denn nun der Unterschied zwischen Ziegen und Hunden? Und woher soll ich den kennen?"

Lernen

Vielleicht bezog sich der Unterricht im Internat zu sehr auf Magie und zu wenig auf das alltägliche Leben. Doch woher sollte auch die leidgeprüfte Lehrerin wissen, dass ihre Schülerinnen so gut wie kein Allgemeinwissen besaßen? Andererseits wussten diese fast alles Wichtige in Bezug auf das Überleben im dunklen Finsterklammwald, in dem das Internat stand. Es gab da sehr vieles Lebenswichtige zu wissen. Alles über Werwölfe, Drachen, Druiden, Hexen, Trolle usw.

Felix sprach zu Watselinchen: „Wenn den nächsten Fall wieder ein hirnloser Zombi löst, sollten wir beide in den Detektivruhestand gehen oder als Schüler eine Detektivschule besuchen! Ich komme nicht darüber hinweg, dass ausgerechnet ein blöder Zombie uns übertrumpfte. Onkel Fred reibt es mir auch laufend unter die Nase."

Watselinchen erwiderte: „Ja, mir auch. Aber er sollte ausnahmsweise gerecht sein. Selbst die erfahrenen Detektivinnen Fannile und Ninvy wurden ebenfalls von dem Zombie übertrumpft. Wer aber schlauer als die Hexe Fannile und die Todesfee Ninvy ist, kann gar nicht so dumm sein."

Gedankenverloren warf Felix ein: „Oben ohne! Ich dachte immer, das bedeutet etwas anderes. Aber es heißt im Fall von Zombies: oben ohne Hirn! Und ich glaube nicht, dass Zara den Fall mit Verstand löste. Viel mehr wird es nach dem alten Spruch gewesen sein: Auch ein blindes Huhn findet mal ein Korn."

Grusilinchen machte wirklich nicht den Eindruck besonders schlau zu sein. Bisher kam sie noch nicht mal auf die Idee, das Messer der Mörderin aus ihrem Herzen zu ziehen. Es wirkte wie ein gespenstischer Modeschmuck.

Der nächste Fall

Watselinchen warf ein: „Lieber ein Zombie hat unseren Fall gelöst, als diese widerliche, alte Sabberhexe Grimhilde Grimmig-Kreisch! Die armen Schülerinnen! Hast Du gewusst, dass diese fiese Hexe für ihre Verdienste um den Finsterklammwald geadelt wurde?"

Das verschlug dem Lama zuerst die Sprache, dann meinte es: „Wenn sogar solche Leute geadelt werden, wird vermutlich eines Tages auch Onkel Fred geadelt."

Seufzend bei dieser verheerenden Aussicht antwortete Watselinchen: „Wenn wir den nächsten Fall lösen, werden vielleicht wir beiden geadelt! Zumal wir ja schon damals zusammen einen wichtigen Fall lösten. Und ich sehe keinen Grund, warum wir nicht wieder erfolgreich sein sollten. Wir kennen hier alle Tiere auf dem Hof, alle Verstecke, wir müssen nur unseren Heimvorteil nutzen."

„Wer wohl das nächste Opfer ist?", erkundigte sich Felix hoffnungsfroh.

Das Alpaka rief frohgemut: „Hoffentlich Dein Onkel Fred oder Grimmig-Kreisch!"

Ob es so perfekt zutraf? Geschah wirklich dieser Idealfall? Oder erwischte es stattdessen einen unserer Helden?

Energisch

Fannile rief zur selben Zeit voller Elan: „Wenn jemand den nächsten Mord klärt, müssen wir beide es sein, Ninvy! Sonst geht unser Detektivstarruhm verloren! Unsere treuen Leser wollen unseren Triumph sehen und nicht den von einem Zombie oder irgendwelchen Tieren! Schließlich ist dies ein Hexenkrimi und kein Tierkrimi!"

Scheu warf Ninvy ein: „Ich dachte, dies sei ein neuer Alpaka- und Lamakrimi. Davon abgesehen: Wenn wir den Fall lösen, ist es natürlich ein Feen- und Hexenkrimi. Wie es bei Schiffsuntergängen zurecht heißt: „Feen und Hexen zuerst!"

Skeptisch blickte Fannile zu ihr: „Ich frage mich wirklich oft, was für seltsame Bücher Du liest. Willst Du behaupten, es gibt Seefeen?"

„Klar, es gibt ja auch Seepferdchen. Und wenn die unter Wasser rumgaloppieren, warum sollen Feen dann keine wagemutigen Seefahrerinnen sein?"

„Na, ich weiß nicht", äußerte sich die Hexe. Auf jeden Fall werden immer zuerst die wahren Schönheiten bei Schiffsunfällen gerettet. Darum muss es bei Rettungen immer richtigerweise heißen: „Hexen und Feen zuerst."

„Das würde bedeuten, Grimmig-Kreisch wird vor mir gerettet", flüsterte Ninvy schockiert.

Fannile lenkte ein: „Betreff dieser heißt es bei Schiffsunglücken: Ratten und Grimmig-Kreischs zuletzt!"

Erleichtert atmete Ninvy auf: „Ratten haben schließlich auch ein Recht zu leben. Darum ist es wichtig, dass diese nicht als letzte gerettet werden."

Ja, aber was war mit ihrer süßen Lehrerin Grimmig-Kreisch?

Der Eierdieb

Eines Tages rief Vanilus Vampus III tief empört: „Wieder keine Eier! Wir haben einen Eierdieb unter uns!" Alle schauten sich betroffen an!

„Heißt dass, ich kriege wieder kein Frühstück?", schrie Grimmig-Kreisch zornvoll. „Den fiesen Dieb werden wir fassen! Wer könnte der gemeine Schuft sein? Tiere aus dem Wald oder eine von uns?"

Die Mädchen erbleichten bei diesem Gedankengang. Wer würde es wohl wagen, ihre Lehrerin auf den Fersen zu haben? Es musste ein ahnungsloses Tier gewesen sein. Selbst Zombies besaßen genug Verstand ihre Lehrerin nicht zu verärgern. Andererseits: Kein Tier schleppte die Eier zum Fressen bis in den weit entfernten Wald. Warum sollte das Tier die Eier nicht an Ort und Stelle fressen? Das entspräche eher ihrer Art. Doch welche Art von Raubtier? Ein besonders schreckliches, gefährliches? Von der Sorte gab es massig in dem magischen Finsterklammwald.

Vermutungen

Fannile meinte viel später nachdenklich: „Ich glaube nicht, dass irgendein Tier so blöd ist, die grässliche Moorhexe zu verärgern."

Beruhigend tätschelte Ninvy ihr den Arm: „Ach, ganz so grässlich bist Du doch gar nicht!"

Fannile zischte erbost: „Ich meine nicht mich, sondern unsere Lehrerin!"

„Ach, so", lenkte Ninvy ein. „Du meinst, eine unserer doofen Mitschülerinnen war es? Die muss dann aber extrem blöd gewesen sein."

„Stimmt", bestätigte Fannile. „Deshalb verdächtige ich vor allem: Kim Kasperfaust, Andrea Ahnungslos, Vanilus Vampus III, Zara Grusilinchen und Klara."

„Na, da haben wir aber viel Arbeit vor uns", schloss Ninvy das Gespräch besorgt ab.

Watselinchen überlegte zur selben Zeit die Täterfrage. „Ich glaube, wir beide sollten vor allem Guckile Guckluft im Auge behalten."

„Weil sie sich auf dem Hof am besten auskennt?", wollte Felix wissen.

„Nein, weil Guckile von allen Verdächtigen am wenigsten weiß, wie grässlich die Lehrerin ist. Als Hofbewohnerin kennt sie die alte Sabberhexe kaum, während die Schülerinnen Grimmig-Kreisch aus eigener leidvoller Erfahrung sehr gut kennen und fürchten."

Diese These hatte was für sich. Aber Vanilus Vampus III lebte mehr auf dem Hof als im Internat. Vielleicht wusste sie deshalb auch nicht ganz so viel von der Schrecklichkeit der alten Moorhexe. Darum hätte Watselinchen Vanilus ebenfalls verdächtigen müssen.

Beschattungen

Fannile und Ninvy beschatteten als erstes Kim Kasperfaust. Da diese zu den besonders kämpferischen Schülerinnen gehörte, musste besonders ihr ein so gewagtes Unternehmen zugetraut werden. Doch von heimlichem Rauchen und Alkoholgenuss abgesehen, gab es für den Anfang nichts Besonderes zu entdecken. Daraufhin richteten unsere beiden Detektivinnen ihre Aufmerksamkeit auf Andrea Ahnungslos. In ihrer ahnungslosen Dummheit konnte sie leicht die Diebstähle begangen haben. Das Einzige, wobei unsere beiden Detektivinnen sie ertappten, war das Lesen von kitschigen Liebesromanen.

„Kein guter Anfang für die Ermittlungen", jammerte Ninvy.

„Mach Dir nichts daraus", beruhigte Fannile: „Wir haben noch Zara Grusilinchen, Vanilus Vampus III und Klara zum Beschatten."

„Richtig", strahlte Ninvy wieder beruhigt.

Nicht untätig

Währenddessen verfolgten die beiden Tiere möglichste lautlos Guckile. Doch das Trappeln ihrer Hufe hörte Guckile problemlos. Sie dachte: „Sind die beiden aber anhänglich! Bestimmt haben sie Angst wegen der vielen fremden Menschen auf dem Hof. Das kann so sensible Tiere aber auch völlig verunsichern." Hätte die Arme gewusst, warum die beiden sie verfolgten, wäre Guckile weniger erfreut gewesen. Als die junge Frau am späten Abend aus dem Fenster ihrer Wohnung schaute, standen die beiden Tiere in der Nähe ihrer Haustür. „Ach, sind die süß!", schoss es ihr wieder durch den Kopf. „So anhänglich!"

Watselinchen äußerte zu Felix allerdings weniger Süßes: „Wenn wir hier warten, kann sie heute Nacht nicht wieder unbemerkt stehlen gehen!"

So standen sich die beiden buchstäblich die Füße in den Bauch. Keine Chance für die Diebin, heimlich zuzuschlagen!

Felix maulte: „Ich komme mir vor wie der Hofhund, wenn jemand ruft: „Bei Fuß!"

Watselinchen kicherte unerwartet: „Stimmt. Du bist auch fast genauso räudig."

„Das ist gemein! Das könnte von Onkel Fred kommen! Der hat Gehirnräude!"

Nach diesen weniger netten Kommentaren senkte sich die Nacht herab.

Das Grauen

Am anderen Tag strahlte Watselinchen: „Die beiden Wachsoldaten können nun schlafen gehen, heute Nacht gab es keinen Eierdiebstahl." Doch dies stellte sich als Irrtum heraus.

Durch den ganzen Hof hallte Grimmig-Kreischs grimmiges Gekreische: „Wieder keine Eier!"

Felix erkundigte sich: „Wie kann das sein? Wir standen doch die ganze Nacht pausenlos vor der Tür?"

Watselinchen murmelte: „Wir haben an die Fenster hinterm Haus nicht gedacht. Da konnte Guckile problemlos rausschleichen."

Doch weitere Dramen kündigten sich an.

Klara stammelte: „Frau Grimmig-Kreisch, die Ziegen geben keine Milch…"

Die Lehrerin fauchte: „Hast Du Holzkopf wieder aus Versehen den Hund melken wollen?"

„Nein, wirklich nicht! Ich habe mir extra ein Bild von den Ziegen gemalt, um nicht durch die täuschende Ähnlichkeit zum Hund verwirrt zu werden."

Grimmig kreischend eilte die sympathische Lehrerin zum Ziegenstall. Dort stellte die tobende Moorhexe fest: Irgendjemand hatte nachts sämtliche Ziegen gemolken!

Jetzt wird durchgegriffen!

Die Lehrerin teilte daraufhin sämtliche Schülerinnen in den folgenden Nächten zu Patrouillen im ganzen Hofgelände ein. Natürlich ‚freiwillig‘, da ja die Tagesarbeit zusätzlich weiterhin erledigt werden musste. „Die schuftige Diebin wird ihr blaues Wunder erleben", erklang es von der Lehrerin.

Doch würden die Schülerinnenpatrouillen Erfolg haben? Oder eines unserer beiden Detektiv-Duos?

Eine Weile später sagte Ninvy: „Es liegt doch klar auf der Hand, wer die Täterin ist!"
„So, wer denn?", erkundigte sich Fannile neugierig. „Die Hofmitarbeiterin, der die Tiere nachschleichen?"
„Nein, natürlich nicht. Die Diebin ist Zara."
Verblüfft wollte die junge Hexe wissen: „Wieso Zara? Wie kommst Du denn darauf?"
„Ganz einfach", lautete die ultimative Antwort. „Nur Zombies sind blöd genug Grimmig-Kreischs Zorn zu erregen. Aber es gibt noch einen besseren Beweis: Warum ermittelt Zara nicht wieder mit uns zusammen? Weil sie ja schließlich selber die Täterin ist!"
„Gut überlegt", stimmte Fannile zu.
Aber was war mit den vielen anderen Verdächtigen? Kim Kasperfaust, Klara, Guckile Guckluft, Andrea Ahnungslos? Wie hieß die Täterin nun wirklich? Welcher der drei Diebesjägergruppen winkte die Siegespalme?

Rache

Watselinchen beschloss nun, Vanilus Vampus III Abends zu beschatten. „Da die Täterin nachts unterwegs ist, kann sie ja eine Vampirin sein."

Sehr logisch gedacht. Nur erwies sich in der folgenden Nacht das Verfolgen eines fliegenden Vampirs als sehr schwierig.

„Vielleicht hätten wir lieber nochmals Guckile beobachten sollen", schlug Felix vor. „Einer von uns vorm Haus, einer hinter ihrem Haus."

Watselinchen schüttelte nachdenklich den Kopf. „Ich glaube, wir haben irgend etwas übersehen."

„Meinst Du die Schulmädchen? Aber die werden ja schon von Fannile verfolgt."

Das Alpaka flüsterte skeptisch: „Das Ganze hat irgendeinen Haken."

Das stimmte tatsächlich, denn der Dieb schlug wieder zu. Wie gelangte er oder sie nur unbemerkt in den von Patrouillen wimmelnden Hof? Zumal Grimmig-Kreisch sogar rund um die Ställe zusätzlich ‚freiwillige' Wachen aufstellte?

Der Trick

Felix munterte Watselinchen auf: „Du bist doch der Super-
detektiv! Überlege den Fall in aller Ruhe und anschließend
schnappen wir den diebischen Schuft!"

Das Alpaka erwiderte: „Die Kernfrage ist: Wie kann
jemand unbemerkt in den Hühner- und Ziegenstall ge-
langen? Beide sind von Schülerinnen umstellt. Dazu noch
Patrouillen auf dem ganzen Hof."

Felix warf ein: „Oh, es gibt jemanden, der das sogar
sehr gut machen kann. Jemand, den niemand außer mir
scharfgesichtigen Detektivgehilfen verdächtigt. Nicht einmal
das Meisterdetektiv Alpaka kam auf die sehr naheliegende
Idee. Die Täterin heißt Grimmig-Kreisch."

„Die blöde Lehrerin? Aber warum sollte sie das machen?"

„Um ihre armen Schülerinnen noch mehr als sonst
schikanieren zu können", erklärte das Lama.

„Geniale Idee Felix", stimmte das Alpaka zu. „Heute
Nacht verfolgen wir die alte Sabberhexe."

Wieder schlägt die Täterin zu!

Doch trotz der Verfolgung standen die beiden Tiere wieder erfolglos da. Der Täter oder die Täterin schlug wieder gnadenlos zu. Auch Fanniles Verfolgungen mit Ninvy brachten keinen Erfolg. Wer war es denn nun? Und welche Detektive lösten diesen schwierigen Fall? Jeder wollte das Rätsel selber lösen und alle fürchteten, dass Zara oder gar Grimmig-Kreisch über alle anderen triumphieren würden.

Watselinchen rief verärgert: „All das Rumrennen und Verfolgen ist sinnlos! Um einen verzwickten Fall zu lösen, muss sich der Meisterdetektiv zurücklehnen…"

„…und schlafen", schlug Felix vor.

„Nein und in Ruhe überlegen. Also: Wie kommt die Täterin rein? Und: Warum stiehlt sie überhaupt? Eier und Milch sind doch billig zu kaufen."

„Um Grimmig-Kreisch zu ärgern?", schlug Felix vor.

„Oder falls es sie selber ist, um ihre Schülerinnen zu quälen?"

Gute Gedankengänge. Die Richtigen?

Nacht der Entscheidung

Ein paar Nächte später beschloss Fannile, alles auf eine Karte zu setzen. Sie würde die kämpferische Kim Kasperfaust die ganze Nacht beobachten und Ninvy die völlig ahnungslose Andrea Ahnungslos. Eine von beiden musste es doch sein! Alle anderen, auch Klara, verdächtigte Fannile nicht mehr. Das Superdetektiv-Alpaka hatte andere Gedankengänge. Weniger das klassische „Wer war es?", als vielmehr: Wie kam der Täter unbemerkt rein und warum kaufte er die Sachen nicht einfach? Und dann schrie das Alpaka plötzlich so laut auf, dass das arme Lama vor Schreck schier einen Herzschlag erlitt: „Ich habe es!" In der Nacht gingen also alle Detektive siegesbewusst an die Arbeit. Doch wer löste den Fall nun wirklich? Vielleicht fassten auch Grimmig-Kreischs Patrouillen vor den anderen den Täter? Ständig änderte sie die Zeiten der Kontrollgänge.

Auf frischer Tat ertappt

Fannile und Ninvy verfolgten in dieser Nacht ihre beiden Verdächtigen. Doch was taten eigentlich die Tiere? Sie flüsterten geheimnisvoll mit Vanilus Vampus III. Stellten sie dieser damit eine besonders raffinierte Falle? Die Nacht der Entscheidung schritt voran. Erklang nicht hier ein geheimnisvolles Geräusch, dort ein verdächtiges Rascheln? Was tat sich da im Dunklen?

„Hab' Dich!", rief Vanilus Vampus III vergnügt, als die Diebin gerade durch das Dachfenster des Hühnerstalles einsteigen wollte. „Watselinchen dachte sich schon, dass die Diebin jemand sein muss, wo zu den fliegenden Lebewesen gehört."

Die Diebin flüsterte: „Erriet das Alpaka auch meinen Namen?"

„Ja, klar", fuhr Vanilus unbeirrt heiter fort. „Es sagte, nur eine Person könne es sich nicht leisten, Eier zu kaufen. Somit konnte nur diese eine Person die Täterin sein."

Seufzend sprach die Diebin: „Nun, fliegen wir unbemerkt zu den Tieren und sehen, wie es für mich weitergeht."

Die Lösung

Im Alpaka- und Lamastall sprach die Täterin betreten: „Was nun? Ich gebe alles zu. Aber wenn die Welt die Wahrheit erfährt, bin ich erledigt."

Watselinchen erwiderte: „Die Welt wird die Wahrheit nie erfahren. Du beendest nun die Diebstähle, kehrst als ehrenamtliche Lehrerin wieder ins Internat zurück. Die Schülerinnen lieben Deinen Unterricht. Du bist die beliebteste Lehrerin und sollst es auch bleiben. Es gibt dort keinen gleichwertigen Ersatz für Dich."

„Stimmt!", rief Vanilus begeistert. „Shirly Sherlocklinchen ist dort unersetzlich! Und die Freizeit auf ihrem veganen Hof macht auch immer viel Spaß. Aber warum hast Du bloß gestohlen?"

„Weil ich bekanntlich eine streng vegane Elfe bin! Wenn es herauskommt, dass ich immer häufiger Lust auf Tierprodukte habe, würde es meine Fans und die Kunden meines veganen Hoflieferservices schwer enttäuschen."

„Keine Angst, wir verraten nichts", beruhigte sie Felix. „Es entstand ja für niemand ein Schaden, nur für die eklige Grimmig-Kreisch, was ja aber eigentlich etwas Positives ist. Wie wird sie toben, wenn die Täterin nie ertappt wird."

Fröhlich kichernd endete dieser neue Fall. Würde es im 3. Band der Alpaka-Lama Krimi Reihe auch so fröhlich enden oder lauerte dort schreckliches Grauen? Wir werden es sehen, bis bald!

Ende der Ermittlungen

Liebe Leser/innen,

für heute enden die spannenden Abenteuer. Da sich aber dort in der Gegend laufend Neues ereignet, wird die Reihe bald fortgesetzt.

Bis dahin alles Gute!

Ihr Ralf Neubohn

Über den Autor Ralf Neubohn:

Ralf Neubohn hat bereits zahlreiche Bücher geschrieben bzw. herausgegeben und ist einem breiten Publikum durch regelmäßige Lesungen bekannt.

Er hat auch einen Literaturpreis gestiftet. Den „Neuen Literaturpreis Remstal".

Neubohn schreibt Krimis, Fantasy, Lyrik, heitere Romane und Kurzgeschichten.

Bücher von Ralf Neubohn:

Krimi:

„Mörderisch gut"

„Die Gartenschau-Morde"

Fantasy Krimi:

„Der geheimnisvolle Tod des Werwolfs"

„Merlin und die mysteriösen Morde auf dem Ponyhof"

„Merlin und der unheimliche Hexenjäger"

„Geheimnisvolle Banshee"

„Merlin, Banshee und der geheimnisvolle Henker"

„Mord beim veganen Lieferservice und Imbiss"

„Banshee und die mysteriösen Schulmädchenmorde"

Tier Krimi:

„Mord auf dem Alpaka- und Lamahof"

„Alpaka und Lama jagen den mysteriösen Mörder"

Science Fiction Krimi:

„Sam Space"

Lama und Alpaka Reihe:

„Weihnachten mit Alpaka, Lama und der schussligen Hexe"

„Zauberhafte Ferien mit Alpaka und Lama"

„Der magische Hof, der Drache und die schusslige Hexe"

„Magische Stippvisite vom Drachen und der Hexe"

„Hof-Gala für Fee, Einhorn und Kamel"

„Geheimnisvolle Weihnachten mit Hexe, Drache und schüchterner Fee"

„Magische Reisen mit schussliger Hexe und schüchterner Fee"

„Weihnachtszauber im magisch-chaotischen Hofcafé der Hexe"

Alpaka Reihe:

„Die Alpakas vom Nikolaus"

„Der Nikolaus und sein Alpaka auf Tournee"

„Applaus für Alpaka und Osterhase"

„Das Comeback des geheimnisvollen Alpakas"

„Premieren-Abend mit Alpaka und Phönix"

„Halloween, Drache und Alpaka im Scheinwerferlicht"

„Das magische Alpaka und der Drache"

Gedichte

„Hier und Jetzt"

„Frisch gewagt"

Gedichte und Kurzgeschichten

„Die zauberhaften Altbohns"

Bücher mit schwarzen Humor Gedichten

„Die Gartenschau-Morde"

„Tod auf dem Kaktus"

„Neues vom 1. April"

Gartenschau Trilogie

„Flammenfeder live von der Gartenschau"

„Gartenschau Phantasie"

„Herzlich willkommen Gartenschau"

„Galaabend für die Gartenschau"

„Abschiedsvorstellung für die Gartenschau"

„Die Gartenschau-Morde"

„Tod auf dem Kaktus"

„Neues vom 1. April"

„Gartenschau Magie"

„Die Gartenschau im Rampenlicht"

Heiteres aus dem Autorenleben

„Im Tal der Autoren"

„Alle Autoren an Bord"

„Terry ein Schotte in Schwaben"

„Die zauberhaften Altbohns"

Fantasy

„Premieren-Abend mit Alpaka und Phönix"

„Halloween, Drache und Alpaka im Scheinwerferlicht"

„Das magische Alpaka und der Drache"

„Weihnachten mit Alpaka, Lama und der schussligen Hexe"

„Der magische Hof, der Drache und die schusslige Hexe"

„Magische Stippvisite vom Drachen und der Hexe"

„Hof-Gala für Fee, Einhorn und Kamel"

„Geheimnisvolle Weihnachten mit Hexe, Drache und schüchterner Fee"

„Magische Reisen mit schussliger Hexe und schüchterner Fee"

„Weihnachtszauber im magisch-chaotischen Hofcafé der Hexe"

„Der geheimnisvolle Tod des Werwolfs"

„Merlin und die mysteriösen Morde auf dem Ponyhof"

„Merlin und der unheimliche Hexenjäger"

„Geheimnisvolle Banshee"

„Merlin, Banshee und der geheimnisvolle Henker"

„Mord beim veganen Lieferservice und Imbiss"

„Banshee und die mysteriösen Schulmädchenmorde"

Jahresfeste

„Weihnachten mit dem literarischen Kleeblatt"

„Auf der Suche nach dem verlorenen Osterei"

„Weihnachten und Silvester mit Flammenfeder"

„Vorhang auf für Nikolaus, Weihnachten und Ferien"

„Bühne frei für Fasching und Halloween"

„Die Alpakas vom Nikolaus"

„Die Bettsocken vom Weihnachtsmann"

„Silvester und Weihnachtsmarkt geben sich die Ehre"

„Der Nikolaus und sein Alpaka auf Tournee"

„Applaus für Alpaka und Osterhase"

„Halloween, Drache und Alpaka im Scheinwerferlicht"

„Das Comeback des geheimnisvollen Alpakas"

„Weihnachten mit Alpaka, Lama und der schussligen Hexe"

„Geheimnisvolle Weihnachten mit Hexe, Drache und schüchterner Fee"

„Weihnachtszauber im magisch-chaotischen Hofcafé der Hexe"

Nachwort

Liebe Leser,

Sie sind nun an das Ende meines kleinen Büchleins gekommen. Ich hoffe, Sie gut und abwechslungsreich unterhalten zu haben.

Falls Sie beim Lesen auf den Geschmack gekommen sind, so gibt es von mir viele weitere schöne Bücher zum selber Genießen oder als originelles Geschenk für andere. Etwa zu Ostern, Weihnachten und Geburtstagen.

Mit freundlichen Grüßen und hoffentlich bis bald!

Ihr Ralf Neubohn

Im neuesten Band der Fantasy Krimi Reihe bekommt es Banshee mit äußerst mysteriösen Morden an Schulmädchen zu tun. Lange bleibt es ihr völlig unerklärlich, wie der Täter diese ermordete, da keinerlei Anzeichen von Gewaltanwendung oder Gift zu finden sind. Wird Banshee trotz dem diesen besonders geheimnisvollen Mörder zur Strecke bringen? Wie ermordete dieser die Mädchen bloß und warum?

MIX

Papier | Fördert
gute Waldnutzung

FSC® C083411

Zeitfracht Medien GmbH
Ferdinand-Jühlke-Straße 7
99095 Erfurt, Deutschland
produktsicherheit@kolibri360.de